AF290086

Analyse de l'œuvre

Par Sandrine Guihéneuf
et Kelly Carrein

La Mare au diable

de George Sand

lePetitLittéraire.fr

Rendez-vous sur lepetitlitteraire.fr et découvrez :

Plus de 1200 analyses
Claires et synthétiques
Téléchargeables en 30 secondes
À imprimer chez soi

GEORGE SAND

ROMANCIÈRE FRANÇAISE

- **Née en 1804 à Paris**
- **Décédée en 1876 à Nohant**
- **Quelques-unes de ses œuvres :**
  - *Indiana* (1832), roman
  - *Lélia* (1833-1839), roman
  - *La petite Fadette* (1849), roman

George Sand, de son véritable nom Aurore Dupin, a été élevée par sa grand-mère à Nohant (Indre). Elle porte un grand attachement à cette région, qui sert souvent de cadre à ses romans. Elle épouse Casimir Dudevant en 1822, mais se sépare rapidement de lui pour mener une existence indépendante. De nombreux hommes et quelques femmes célèbres parsèment sa vie sentimentale : Prosper Mérimée (écrivain français, 1803-1870), Alfred de Musset (écrivain français, 1810-1857), Frédéric Chopin (pianiste et compositeur polonais, 1810-1849), Marie Dorval (comédienne française, 1798-1849), etc.

Sa production littéraire est abondante et variée :
elle a écrit tant des romans, des nouvelles,
des contes, des pièces de théâtre, des auto-
biographies que des critiques littéraires et des
essais politiques. Dans ses romans, elle se veut
le porte-drapeau de la libération de la femme et
lutte pour un monde sans distinctions de classes
ni conflits.

LA MARE AU DIABLE

UN ROMAN COMPLEXE

- **Genre :** roman
- **Édition de référence :** *La Mare au diable*, s.l.n.d., Bibliothèque du Soir, 158 p.
- **1ʳᵉ édition :** 1846
- **Thématiques :** vie paysanne, initiation, mariage, amour, convenances

Œuvre complexe, *La Mare au diable* est à la fois un roman champêtre, sentimental, réaliste et romantique. Il assure à Sand la notoriété en tant que romancière : de nombreux écrivains font l'éloge de ce livre que Sainte-Beuve (critique littéraire et écrivain français, 1804-1869) qualifie de « petit chef-d'œuvre » (SAINTE-BEUVE, *Causeries du lundi*, Paris, Garnier, 1852, p. 279). Il est d'abord paru sous la forme d'un roman-feuilleton dans la revue *Le Courrier français* du 6 au 18 février 1846, puis en volume la même année.

L'action se passe dans le Berry (province historique de l'Ancien Régime) et la romancière s'attache à louer la simplicité et la beauté de la vie paysanne à travers son héros, le laboureur Germain. Celui-ci part rencontrer sa future femme avec Marie, une jeune voisine. Leur voyage est non seulement géographique, mais également métaphorique et initiatique : les personnages ne savent plus où ils sont ni où ils en sont...

RÉSUMÉ

CHAPITRE I : L'AUTEUR AU LECTEUR

Le premier chapitre de l'œuvre est une adresse directe de l'auteure à ses lecteurs. Celle-ci se situe en dehors de l'intrigue et joue le rôle de préface, même si elle est indiquée comme premier chapitre : « Lecteurs, pardonnez-moi ces réflexions, et veuillez les accepter en matière de préface. » (p. 10)

Elle débute par un quatrain en vieux français (« A la sueur de ton visaige/ Tu gagnerois ta pauvre vie/ Après long travail et usaige/ Voicy la mort qui te convie », p. 6) initialement placé sous une gravure d'Holbein le Jeune (peintre et graveur allemand, 1497-1543) représentant un laboureur guidant sa charrue au milieu d'une campagne. Le paysan est « vieux, trapu, couvert de haillons » (*ibid.*) et fait peine à voir ; à ses côtés, un squelette représentant la mort. S'ensuit une réflexion sur l'art et ses représentations. Selon Sand, le but d'un artiste doit être de « sonder les plaies de la société et de les mettre à nu sous nos yeux »

(p. 9) et non de proposer « une étude de la réalité positive » (p. 10).

CHAPITRE II : LE LABOUR

La réflexion de Sand continue dans ce deuxième chapitre. Lors d'une promenade à la campagne, durant laquelle elle admire la richesse des terres et la beauté de la nature, son attention est attirée par un laboureur, travaillant avec son jeune fils. La narratrice se décide alors à relater l'histoire de la vie de cet homme.

CHAPITRE III : LE PÈRE MAURICE

Maurice, le beau-père de Germain, incite ce dernier à se remarier : veuf depuis deux ans, il sera bientôt « réputé trop vieux pour entrer en ménage » (p. 21) ; de plus, les enfants sont une charge et une source d'inquiétude pour Maurice et sa femme.

Aimant toujours sa défunte épouse, Germain ne veut pas se remarier, mais accepte à contrecœur par respect pour son beau-père (« Je ferai votre volonté comme je l'ai toujours faite », p. 23).

CHAPITRE IV : GERMAIN, LE FIN LABOUREUR

Maurice a déjà trouvé une épouse potentielle pour Germain : il s'agit d'une veuve prénommée Catherine, comme sa défunte épouse. Tous les détails de la noce ont été arrangés par Maurice et son ami Léonard, père de Catherine ; il ne reste plus aux futurs époux qu'à se rencontrer. Il est convenu que Germain se rendra à Fourche pour faire la connaissance de la jeune veuve, malgré la peine intense qu'il éprouve toujours face à son propre veuvage.

CHAPITRE V : LA GUILLETTE

De retour chez lui, Maurice croise sa voisine et amie, la Guillette. Il lui apprend que Germain se rend à Fourche. Or, Marie, la fille de 16 ans de la Guillette, a trouvé une place de bergère dans la ferme des Ormeaux, sur le chemin pour Fourche. Guillette demande donc si Germain pourrait y déposer Marie. Serviable, le jeune homme accepte, et personne ne songe qu'il pourrait se passer quelque chose entre les deux jeunes gens, car, outre leur différence d'âge de 12 ans, « la chasteté des mœurs est une tradition sacrée dans certaines campagnes » (p. 37).

CHAPITRE VI : PETIT-PIERRE

Très attristée de quitter sa mère, Marie prend la route à cheval avec Germain. Ils discutent pendant quelques instants des enfants de Germain et du mariage à venir. Tout à coup, ils sont interrompus par la jument du jeune homme, qui s'arrête près d'un buisson : Petit-Pierre, le fils ainé de Germain, s'y est endormi. Triste du départ de son père, il a décidé de le suivre. Marie convainc facilement Germain d'accepter la présence du garçon.

CHAPITRE VII : DANS LA LANDE

Après une lieue à cheval (environ 4,5 kilomètres), ils s'arrêtent à une auberge, le cabaret de la mère Rebec, pour prendre un repas copieux avant de repartir. Le brouillard, de plus en plus présent dans le bois, perturbe Germain, qui ne trouve plus le chemin à suivre. Ils descendent de cheval, mais la jument prend rapidement la fuite. Germain décide alors d'attendre que le brouillard se lève pour continuer sa route.

CHAPITRE VIII : SOUS LES GRANDS CHÊNES

Les trois protagonistes se réfugient près d'une mare, sous des arbres au feuillage si épais qu'il les protège de la pluie. Marie, dans un élan maternel, cherche tout d'abord à protéger Petit-Pierre du froid et à lui faire un lit dans lequel il s'endort directement. Ils parviennent à faire du feu et mangent à nouveau. Germain admire les talents de la jeune fille.

CHAPITRE IX : LA PRIÈRE DU SOIR

Petit-Pierre est réveillé par les bruits du repas, et Marie lui offre sa part bien volontiers. Germain est touché par le dévouement qu'elle témoigne pour son fils. Après une prière pour sa mère défunte, l'enfant s'endort contre Marie, en précisant à son père que « [s'il] veu[t] [lui] donner une autre mère, [il veut] que ce soit la petite Marie » (p. 65).

CHAPITRE X : MALGRÉ LE FROID

Germain refuse de dormir et tente de convaincre Marie de se trouver un époux, plutôt que d'aller travailler chez des étrangers. Subtilement, il essaie de lui faire savoir qu'il est intéressé par elle (« Un homme de mon âge ? », p. 68 ; « Prends-en un vieux tout de suite », p. 69), mais elle le repousse, prétextant être dérangée par leur différence d'âge.

Marie s'endort au milieu de la conversation, et Germain s'avoue son attirance pour la jeune fille. Cependant, il sait qu'il doit respecter les mœurs de l'époque et se marier avec une femme de son âge et de bonne famille, et non avec une jeune pauvre.

Une fois le brouillard levé, les protagonistes reprennent la route, dans l'espoir de trouver enfin leur chemin : cependant, ils tournent en rond et, après deux heures, reviennent au point de départ, près de la mare.

CHAPITRE XI : À LA BELLE ÉTOILE

Germain croit qu'on leur a jeté un sort et que l'endroit est « endiablé » (p. 74). Marie le tempère et lui indique que passer une nuit dehors ne les tuera pas. Germain déclare sa flamme à Marie dans une longue tirade. Elle le repousse à nouveau à cause de leur différence d'âge, craignant qu'il ne puisse plus subvenir à ses besoins dans ses vieux jours et d'être la cible de moqueries.

Le jour se lève enfin, et ils parviennent à quitter le bois. Il est convenu que Marie gagne les Ormeaux avec Petit-Pierre pour le nettoyer et que Germain se rende à Fourche. Au moment de quitter son fils, celui-ci lui dit qu'il obtiendra ce qu'il veut de Marie (« Sois tranquille, mon père, je lui ferai dire oui : la petite Marie fait toujours ce que je veux », p. 81).

CHAPITRE XII : LA LIONNE DU VILLAGE

Lorsque Germain arrive à Fourche, chez le père Léonard, il apprend que trois prétendants sont déjà là pour tenter de séduire Catherine, alors qu'il s'attendait à être seul. Germain trouve la veuve « vieille et laide » (p. 84) à cause de ses vêtements et de son attitude vaniteuse. Les prétendants sont pour Germain de véritables « rustres » (p. 85) et il n'apprécie guère leur compagnie lors d'un repas qu'ils partagent. Après celui-ci, ils partent pour la messe.

CHAPITRE XIII : LE MAITRE

Après la messe, Germain refuse de danser avec Catherine, ce qui irrite le père Léonard. Le jeune laboureur découvre qu'elle se moque des trois autres galants et n'apprécie nullement cette hypocrisie.

Il quitte alors Fourche pour les Ormeaux, dans l'espoir de retrouver son fils et Marie, mais apprend qu'ils sont déjà repartis. Après avoir interrogé plusieurs personnes, il comprend qu'ils se sont dirigés à Fourche pour le chercher ; sans l'avoir trouvé, ils ont gagné les bois. Inquiet, Germain enfourche sa jument et se lance à leur poursuite.

CHAPITRE XIV : LA VIEILLE

Rapidement, Germain arrive au bord de la mare, où se trouve une vieille femme. Elle lui annonce qu'il se trouve en un « mauvais endroit » (p. 95). Effrayé, il repart à la recherche de Marie et Petit-Pierre.

Il trouve d'abord son fils, puis Marie, et apprend qu'ils fuyaient le fermier des Ormeaux, car il avait tenté d'abuser de Marie et de frapper l'enfant. Peu après, Germain rencontre le fermier en route, et les deux hommes finissent par se battre. Les voyageurs rentrent ensuite chez eux.

CHAPITRE XV : LE RETOUR À LA FERME

Durant le trajet, Marie et Petit-Pierre racontent leurs mésaventures à Germain, qui est scandalisé. De retour chez lui, Germain explique honnêtement à ses beaux-parents les raisons pour lesquelles il n'a pas apprécié la veuve Guérin. Ceux-ci acceptent ses explications et la vie reprend son cours normal. Durant l'hiver, Germain fournit Marie et sa mère en nourriture et en bois sans se laisser voir : c'est là leur seul contact.

CHAPITRE XVI : LA MÈRE MAURICE

Un jour, la belle-mère de Germain remarque la tristesse inhabituelle de son gendre. Il lui avoue l'amour qu'il porte à Marie, ainsi que les réticences de la jeune fille. La mère Maurice est touchée par ce récit et promet d'en parler à son mari.

CHAPITRE XVII : LA PETITE MARIE

Après une semaine, Germain apprend que Maurice accepte ce mariage d'amour. Il se rend alors chez Marie pour lui demander sa main. Celle-ci, tremblante et les larmes aux yeux, accepte, alors que le jeune homme s'attendait à un refus.

APPENDICES

La narratrice réapparait dans les appendices (« L'histoire du mariage de Germain, telle qu'il me l'a racontée lui-même », p. 118) pour conter le mariage proprement dit de Germain et Marie. Celui-ci s'est déroulé en hiver, saison des mariages dans les campagnes. Elle s'attarde sur l'émotion des deux époux : les yeux de Marie « étaient humides et brillants d'amour ; on voyait bien qu'elle était profondément éprise » (p. 120) ; Germain, quant à lui, « était grave et attendri » (*ibid.*). Les différentes traditions paysannes (la livrée, la cérémonie et l'étape du chou) sont détaillées durant cette description du mariage de trois jours.

ÉTUDE DES PERSONNAGES

GERMAIN

Germain est un jeune laboureur de 28 ans qui passe néanmoins pour un homme âgé à cause de son veuvage. Malgré tout, il est décrit comme « le plus bel homme de l'endroit » (p. 37). Marié à 20 ans, il a perdu sa femme, Catherine, dont il était éperdument amoureux. Celle-ci lui a laissé trois enfants en bas âge : Petit-Pierre, Sylvain et Solange. Il vit chez ses beaux-parents, pour qui il a beaucoup d'amitié et de respect. C'est un bon père soucieux du sort de ses enfants et faisant parfois preuve d'une sensibilité presque féminine : « Germain avait un cœur de père aussi tendre et aussi faible que celui d'une femme. » (p. 43)

Riche, il n'attache toutefois pas beaucoup d'importance à l'argent et n'intervient pas dans les affaires dont s'occupe le père Maurice, se contentant de travailler aux champs. Il est serviable et honnête, comme le souligne son beau-père : « Tu es un honnête homme. » (p. 23)

Peu enthousiaste à l'idée de rencontrer la veuve Guérin, il consent néanmoins à aller la voir pour faire plaisir à Maurice qui souhaite qu'il se remarie. Mais il fait preuve de bien peu d'esprit d'initiative dans l'organisation de la noce.

Tandis que son beau-père pense davantage à l'intérêt financier, Germain, lui, voudrait un mariage d'amour. C'est pourquoi, par la suite, l'âme dévouée de Marie lui parait bien plus attirante que tout l'argent de la veuve Guérin, qu'il trouve par ailleurs orgueilleuse et déloyale. Il en est très déçu lorsqu'il la rencontre : « Femme peu en rapport avec l'idée qu'il s'était faite d'une veuve sérieuse et rangée. » (p. 84)

En emmenant Marie avec lui à Fourche, il apprend à la connaitre et, bien qu'elle soit plus jeune que lui, il en tombe follement amoureux. Près de la mare au diable, il en vient même à relativiser les qualités de sa première épouse en comparaison des charmes de la petite Marie : « Quant à de l'esprit, elle en a plus que ma chère Catherine n'en avait. » (p. 71) De plus, toujours près de cette mare ensorceleuse, il est soudain pris d'une irrésistible envie d'embrasser la jeune femme.

La nuit passée dans le bois avec elle est très importante pour son évolution spirituelle : « C'est pendant cette nuit d'initiation que lui sont révélées les dimensions profondes de l'amour. » (LANE B., « Voyage et initiation dans *La Mare au diable* », in *Études françaises*, Presses de l'université de Montréal, 1988, p. 71-83)

En effet, les sentiments qu'éprouve Germain pour Marie vont le conduire progressivement à l'amour, au sens romantique du terme. Même si les mœurs campagnardes voudraient qu'il épouse une femme de son âge, il ne s'en préoccupe guère, tant il est transporté par ses sentiments pour Marie. Mais il lui faudra ensuite beaucoup de patience pour éveiller la jeune femme à l'amour.

MARIE

Jeune fille de 16 ans, Marie, surnommée « petite Marie », appartient à une famille pauvre et vit avec sa mère, la Guillette. Afin d'aider cette dernière financièrement, elle accepte à contrecœur de quitter le cocon familial pour devenir bergère aux Ormeaux.

Son nom biblique est très évocateur, car elle est infiniment bonne et fait preuve d'une sagesse extrême et d'un dévouement sans limites. Lors de son voyage avec Germain, elle montre nombre de qualités comme la gentillesse, la douceur, l'attention, la prévoyance, l'habileté, le courage et l'honnêteté.

Elle témoigne également d'un bon sens et d'une débrouillardise incroyables : lorsqu'ils doivent camper près de la mare au diable, elle produit pour le laboureur et son fils, de façon quasi magique, un feu de bois et un bon repas alors que les lieux sont désolés.

Elle organise, avec une autorité de petite maitresse de maison, une véritable vie familiale. Elle apparait alors comme la bonne fée, celle qui guide et rassure. Elle s'occupe de Petit-Pierre d'une façon si remarquable et avec une tendresse si maternelle que le garçon la veut même comme seconde maman. Elle suscite ainsi l'estime et la reconnaissance de Germain, tout attendri de ce spectacle.

Lorsque Germain lui avoue son amour, tout d'abord, Marie le trouve trop vieux et croit ne pas l'aimer. Aussi, consciente des handicaps dus à son origine sociale et à son âge, n'ose-t-elle envisager un seul instant la possibilité d'un tel mariage : « Moi, je n'imagine rien puisque c'est inutile… puisque je suis pauvre comme Job. » (p. 98)

Mais au fur et à mesure, elle commence à ne plus se soucier du regard des autres et de leurs mo-queries, et n'a donc plus honte de la différence d'âge entre elle et Germain.

Elle affirme au cours du récit sa condition de femme libre : elle résiste au désir de Germain durant la nuit romantique dans le bois et aux as-sauts du maitre des Ormeaux, perdant pourtant un emploi vital pour elle et pour sa mère.

Elle refuse ainsi de se soumettre à la fois au pou-voir de l'homme et à celui de l'argent ; elle veut être maitresse de sa vie. Elle présente donc un caractère indépendant, ce qui n'était que peu le cas pour les personnages romanesques féminins de l'époque.

PETIT-PIERRE

Bel enfant de 7 ans, Petit-Pierre est le fils cadet de Germain. Il est attachant et obtient toujours tout ce qu'il veut. Il réussit à accompagner Germain et Marie, et ceux-ci se marient comme il le voulait.

Petit-Pierre, bien que désobéissant et obstiné, est un garçon très gentil qui joue le rôle d'entremetteur auprès de son père et de Marie. Il renvoie à saint Jean-Baptiste (PRIVAT J.-M., La Mare au diable *ou comment « faire le populaire »*, Paris, Gallimard, 2004), le prophète qui a annoncé l'arrivée de Jésus-Christ. En effet, tout comme ce saint, il annonce l'avenir à Germain, à savoir que Marie deviendra sa femme, alors que rien ne laisse deviner l'issue heureuse. Il remplit ainsi une fonction d'intercesseur divin.

LA MÈRE MAURICE

Par son affection profonde envers Germain, et par son esprit ouvert et persuasif, la mère Maurice joue un rôle très important dans l'histoire puisque ses interventions favorisent le mariage inespéré de Germain et de Marie. Lorsque

Germain lui annonce que son cœur va vers Marie, elle est surprise, mais ne l'accable pas (« Grande fut la surprise de la mère Maurice : c'était la dernière à laquelle elle eût songé. Mais elle eut la délicatesse de ne point se récrier », p. 129). Elle accepte l'idée que Germain et Marie s'aiment, et privilégie ainsi le bonheur de son gendre, qui a une grande valeur à ses yeux, plutôt que l'intérêt financier.

LE PÈRE MAURICE

Beau-père de Germain, le père Maurice souhaite le bonheur de son gendre. Fin marchandeur, il arrange les noces avec Catherine, mais ne s'offense pas quand Germain lui annonce qu'il n'apprécie pas la veuve. Même si le mariage de Germain et Marie ne sert pas son intérêt financier, il l'accepte volontiers, car sa femme le convainc qu'ils se portent un amour réel.

CLÉS DE LECTURE

SCHÉMA NARRATIF

Situation initiale : c'est le début de l'histoire, le moment où on plante le décor et où on présente les personnages ; la situation est équilibrée, c'est-à-dire qu'elle n'a aucune raison d'évoluer.

- Un jeune veuf, Germain, vit avec ses beaux-parents et ses trois enfants.

Élément perturbateur : c'est un évènement qui vient perturber la situation initiale et qui va déclencher l'histoire proprement dite.

- Son beau-père pousse Germain à se remarier pour le bien de sa progéniture. Ce dernier accepte à contrecœur de rendre visite à une veuve d'une région voisine qui cherche un nouvel époux. Il part avec Marie, une jeune fille qui a trouvé un emploi de bergère dans une ferme de la même région.

Péripéties : ce sont les évènements provoqués par l'élément perturbateur et qui entrainent la ou les actions entreprises par le héros pour résoudre le problème.

- Germain et Marie découvrent Petit-Pierre dormant dans le fossé, qui se joint à eux ; ils prennent un repas dans le cabaret de la mère Rebec ; ils se trompent dans le chemin à prendre et la jument de Germain prend la fuite. Ils passent alors la nuit à la belle étoile sous les grands chênes près de la mare ; peu à peu des sentiments naissent dans le cœur de Germain à l'égard de Marie et il avoue son amour. Marie refuse de se marier avec lui. Germain, parti seul à Fourche voir la veuve Guérin, est déçu par cette dernière. Pendant ce temps, Marie et Petit-Pierre disparaissent, Germain part à leur recherche et fait la rencontre inquiétante d'une vieille femme. Le jeune veuf a ensuite une altercation avec le fermier des Ormeaux, après quoi Germain, Marie et Petit-Pierre rentrent chez eux.

Dénouement : il met un terme aux péripéties et conduit à la situation finale.

- Germain avoue à la mère Maurice qu'il nourrit des sentiments à l'égard de Marie. Sa belle-mère intervient alors auprès de son mari et de Germain pour encourager ce dernier à demander Marie en mariage.

Situation finale : c'est la fin de l'histoire. La situation est à nouveau stable, comme la situation initiale, mais elle a subi des transformations.

• Marie et Germain se marient.

UN ROMAN MULTI GENRES

Il est difficile de cantonner *La Mare au diable* à un genre romanesque unique. En effet, cette œuvre, plus complexe qu'il n'y parait, peut être rattachée à plusieurs genres.

Le roman d'amour

C'est tout d'abord un roman d'amour traditionnel dans lequel l'attirance de deux protagonistes constitue le centre de l'intrigue.

Le roman présente en outre un dénouement heureux : l'amour triomphe des conventions sociales (à savoir la différence d'âge et la différence de fortune) qui constituaient initialement un obstacle.

Le roman fantastique

C'est ensuite un roman légèrement fantastique, dont l'histoire est marquée par des évènements étranges et inexplicables. Cet aspect est suggéré d'emblée par le titre, qui évoque une eau maléfique. Tout au long du récit, l'eau domine dans le paysage, provoquant l'angoisse chez le lecteur : comme le brouillard, elle met en danger les protagonistes. Traditionnellement, l'eau est à la fois considérée comme source de mort (car dangereuse) et source de vie (car elle permet de faire surgir une nouvelle vie, là où il n'y en avait plus).

Mais la peur superstitieuse de sortilèges imaginaires liés à la mare au diable n'est jamais justifiée par l'intrigue, car rien de surnaturel ne se produit. La mare au diable a en réalité une fonction positive, qui est de rapprocher Germain et Marie.

Le roman champêtre

La Mare au diable est également un roman champêtre, dont l'intrigue se déroule uniquement dans un monde paysan et campagnard. Dans ce texte, l'action se situe en effet en plein cœur de la campagne berrichonne si chère à George Sand. De nombreuses descriptions de paysages campagnards font ainsi correspondre le récit à ce genre. Les coutumes typiquement paysannes sont également rapportées avec précision : c'est notamment le cas dans les appendices, où l'auteure relate en détail les traditions matrimoniales paysannes lors de l'union de Marie et Germain.

Le conte de fées

On peut également assimiler le texte à un conte de fées, genre littéraire mettant en scène des éléments merveilleux dont les péripéties mènent – le plus souvent – les personnages vers l'amour. Dans ce roman, les personnages poursuivent bel et bien tous deux une quête d'amour. Schématiquement, l'histoire peut d'ailleurs se résumer comme suit : une jeune bergère pauvre, Marie, va épouser son « prince charmant », Germain, qui l'aime et qu'elle aime. Il s'agit néanmoins d'un conte de fées populaire, car le prince est un paysan qui vit dans une ferme et non dans un château. Comme la plupart des contes de fées, le récit se termine par un mariage sincère.

Le roman initiatique

Enfin, *La Mare au diable* est un roman d'initiation ou d'apprentissage, car il relate l'évolution d'un héros qui se forge progressivement une conception de la vie et qui découvre les grands évènements de l'existence. Ici, l'initiation touche à la fois Germain et Marie. Germain fait enfin le deuil de sa femme défunte et redécouvre l'amour. Sa décision d'épouser Marie montre en outre la victoire des vrais sentiments sur les conventions sociales et sur les mariages de raison, qui étaient encore légion à l'époque. Marie découvre elle aussi l'amour et parvient, au terme du récit, à s'affirmer comme une femme libre et indépendante.

Influencée par Jean-Jacques Rousseau (écrivain et philosophe genevois, 1712-1778), chez qui elle puise valeurs et matière pour ses romans, Sand présente ainsi des personnages empêchés par les normes sociales. L'auteure défend alors l'émancipation des protagonistes par rapport aux codes stricts de leur époque : le mariage entre Marie et Germain peut être interprété comme la victoire de l'amour sur les conventions sociales étouffantes.

Avec *La Mare au diable*, George Sand a donc produit un roman qui peut être appréhendé sous différents éclairages. Cependant, ceux-ci présentent tous un point commun : la prédominance de l'amour, qui guide les actions et les réactions des deux protagonistes principaux.

ENTRE ROMANTISME ET RÉALISME

Publié en 1846, *La Mare au diable* se situe à l'intersection des deux grands mouvements littéraires français du XIXe siècle : le romantisme et le réalisme.

Le romantisme est un mouvement artistique et culturel dont les prémisses remontent à la fin du XVIIIe siècle en Angleterre et en Allemagne. Il s'est diffusé progressivement en Europe dans le courant du XIXe siècle, jusque dans les années 1850, période d'apparition du réalisme.

Le romantisme se caractérise par une volonté de libération face aux règles classiques. Ce mouvement prône ainsi l'exacerbation des sentiments, l'expression lyrique, l'importance du sentiment de la nature, le mystère et le rêve.

En France, les représentants du romantisme sont, entre autres, Alphonse de Lamartine (poète, romancier et dramaturge français, 1790-1869), Victor Hugo (écrivain français, 1802-1885) et Alfred de Vigny (écrivain français, 1797-1863).

Le réalisme, quant à lui, est un mouvement littéraire qui apparait en France aux alentours de 1850, dans une volonté de réagir face aux sentiments romantiques.

Désormais, l'artiste désire représenter le réel d'une façon extrêmement fidèle, ce qui lui permet d'aborder des thèmes modernes comme le travail et les différences entre les classes sociales.

Les auteurs réalistes français les plus connus sont Gustave Flaubert (écrivain français, 1821-1880), Guy de Maupassant (écrivain français, 1850-1893), ou encore Stendhal (écrivain français, 1783-1842).

Clairement influencée par ces deux courants, pourtant contradictoires, George Sand produit une œuvre hybride, présentant des caractéristiques à la fois romantiques et réalistes.

La nature et l'exaltation des sentiments

Deux traits typiques du romantisme, que sont l'importance de la nature et l'exaltation des sentiments, se retrouvent dans *La Mare au diable* et font ainsi coïncider ce roman avec ce courant littéraire.

- L'importance de la nature. Les artistes romantiques entretiennent un lien particulier avec la nature. Celle-ci, à l'écart du monde en plein essor industriel, leur permet de prendre conscience de leurs sentiments les plus profonds et de les exprimer. La mare contribue ainsi à créer une ambiance mystérieuse et magique où naissent les nouveaux sentiments de Germain pour Marie. Ce dernier réalise lors de leur premier passage près de la mare qu'il est en train de tomber amoureux d'elle : « Je ne sais pas comment je ne m'étais jamais aperçu, pensait-il, que cette petite Marie est la plus jolie fille du pays ! » (p. 70)
- L'exaltation des sentiments. Le sentiment (et en particulier le sentiment amoureux) tient une place centrale au sein des œuvres romantiques. Dans *La Mare au diable*, Germain prononce deux longues tirades pour avouer

son amour à Marie, d'abord dans les bois puis pour la demander en mariage quelques mois plus tard. Suivant la tradition romantique, il témoigne de son amour par une envolée lyrique :

> « Marie, lui dit-il, tu me plais, et je suis bien malheureux de ne pas te plaire. Si tu voulais m'accepter pour ton mari, il n'y aurait ni beau-père, ni parents, ni voisins, ni conseils qui pussent m'empêcher de me donner à toi. [...] J'ai toujours eu de l'amitié pour toi, et à présent je me sens si amoureux que si tu me demandais de faire toute ma vie tes mille volontés, je te le jurerais sur l'heure [...] » (p. 75)

Ainsi, les personnages de *La Mare au diable* – en particulier Germain – sont touchés par des sentiments amoureux qui influencent leurs comportements typiquement romantiques. L'univers dans lequel ils évoluent, dont la nature semble les guider vers la pleine conscience de leurs ressentis, participe également de ce phénomène.

Une volonté de représenter le réel

Dès l'entame du roman, Sand fait part de sa volonté de raconter une histoire qui s'est véritablement déroulée. Elle se met en scène, observant le laboureur, et devient sa confidente : « Germain s'était rendu compte de ses devoirs et de ses affections. Il me les avait racontés naïvement, clairement, et je l'avais écouté avec intérêt. » (p. 20) Elle se propose de raconter son récit pour l'arracher « au néant de l'oubli » (*ibid.*).

Cependant, dans les appendices, elle avoue ne pas avoir relaté avec fidélité les propos du laboureur, traduisant le langage paysan, pour le rendre accessible : « Je te demande pardon, lecteur ami, de n'avoir pas su te la traduire mieux ; car c'est une véritable traduction qu'il faut au langage antique et naïf des paysans de la contrée [...] Ces gens-là parlent trop français pour nous [...] les progrès de la langue nous ont fait perdre bien des vieilles richesses. » (p. 118) La narratrice joue donc un rôle de témoin et, de ce fait, donne une dimension réaliste supplémentaire au roman.

Les nombreuses descriptions présentes dans le récit permettent également de créer une impression de réel, comme le désirent tant les auteurs réalistes. Ces descriptions relèvent de plusieurs catégories.

- Les descriptions psychologiques. La narratrice fait part des pensées du protagoniste comme si celui-ci les lui avait confiées. Par exemple, le paysan n'a jamais verbalisé son opinion au sujet des prétendants de la veuve Guérin, mais celle-ci est très claire : « Les galants de la veuve lui parurent trois rustres. Il fallait qu'ils fussent bien riches pour qu'elle admît leurs prétentions. [...] Pourtant la veuve [...] riait comme si elle eût admiré toutes ces sottises et, en cela, elle ne faisait pas preuve de goût. » (p. 85) L'incursion dans les pensées de Germain ajoute de la vraisemblance à l'intrigue.

- Les descriptions sociologiques. George Sand a bien conscience de conter à ses lecteurs un récit qui se déroule au sein d'une classe sociale dont les mœurs ne leur sont pas familières. En effet, à l'époque, le lectorat se composait presque uniquement de représentants de la bourgeoisie, seule classe sociale alphabétisée qui avait accès à la lecture. Dès lors, l'auteure prend le temps de s'attarder sur l'importance des coutumes campagnardes pour démontrer leur rôle à venir au sein de l'intrigue : « Mais la chasteté des mœurs est une tradition sacrée dans certaines campagnes éloignées du mouvement corrompu des grandes villes. [...] il était impossible que [Germain] eût une coupable pensée auprès d'elle. » (p. 36-37) Avant même que les sentiments de Germain pour Marie ne naissent, le lecteur est donc mis au courant de l'impossibilité d'une histoire d'amour entre eux.

- Les descriptions évènementielles. Plus un évènement est détaillé, plus il donne une impression de vraisemblable. L'idée réaliste veut qu'il faille multiplier les détails pour que le lecteur ait l'impression de prendre part à la scène. Dans *La Mare au diable*, c'est particulièrement le cas au sein des appendices, où le mariage de Germain et Marie est décrit avec minutie : « Quand tout le monde fut réuni dans la maison, on ferma, avec le plus grand soin, les portes et les fenêtres ; on alla même barricader la lucarne du grenier ; on mit des planches, des tréteaux, des souches et des tables en travers de toutes les issues, comme si on se préparait à soutenir un siège. » (p. 127) Ce niveau élevé de précisions est l'un des traits dominants du mouvement réaliste.
- Les descriptions visuelles. Dans les œuvres réalistes, le décor est également abondamment

décrit. Celui-ci revêt même parfois une importance capitale au niveau de l'intrigue. C'est le cas dans *La Mare au diable* : la description de la forêt où sont coincés les protagonistes contribue à propager une forme d'angoisse chez le lecteur (« Mais le brouillard s'épaissit encore plus, la lune fut tout à fait voilée, les chemins étaient affreux, les fondrières profondes », p. 49-50). Les actions et les pensées ne sont donc pas les seules à même de déclencher des émotions : le décor peut également augmenter l'effet de réel, poussant ainsi le lecteur à ressentir ce qu'éprouvent les héros dans un tel endroit. La description de la mare, rendue angoissante par la nuit et les flammes du feu, augmente également cet effet réaliste : « [L]es tiges blanches des bouleaux semblaient une rangée de fantômes dans leurs suaires. Le feu se reflétait dans la mare ; [...] c'était un bel endroit, mais si désert et si triste, que Germain, las d'y souffrir, se mit à chanter [...] pour s'étourdir sur l'ennui effrayant de la solitude. » (p. 72)

Nous remarquons donc, chez Sand, une volonté d'entrer dans le détail qui confère à son roman une impression de réel, d'autant plus remarquable qu'il s'agit d'un récit de seconde main, qu'elle rapporte en tant que témoin.

La combinaison entre les traits typiques du romantisme et les aspects réalistes contribue à créer une atmosphère particulière tout au long du récit de George Sand, souvent rattachée à une forme d'idéalisme.

L'IDÉALISME SANDIEN

L'idéalisme est l'idée philosophique selon laquelle la nature ultime de la réalité repose sur l'esprit et sur des représentations mentales. Ainsi, elle s'oppose au matérialisme, doctrine selon laquelle l'ultime réalité est la matière, tout ce qui a une présence physique et non une présence mentale.

Si George Sand se rattache au courant idéaliste, c'est parce qu'elle avait de nouvelles idées pour améliorer le monde où elle vivait. Elle voulait proposer une révolution, non pas par les armes et la violence, mais par l'écriture : « L'art n'est pas une étude de la réalité positive ; c'est une recherche de la vérité idéale. » (p. 10)

La Mare au diable est un exemple flagrant de l'idéalisme chez Sand. L'auteure y idéalise la société paysanne : celle-ci est pleine de bons sentiments entre hommes et femmes, loin « du mouvement corrompu des grandes villes » (p. 37).

Ce faisant, elle crée une opposition entre la simplicité et la pureté paysanne et la corruption des grandes villes, auxquelles elle ne fait par ailleurs que très peu allusion.

L'idéalisme transparait également à travers le personnage de Marie : à une époque où les femmes sont considérées comme faibles et dépendantes des hommes, c'est bien la jeune fille et l'amour qu'elle inspire à Germain qui porte l'homme vers le bonheur. Très en avance sur son temps, en traçant le portrait de Marie, l'auteure propose l'idéal d'un personnage féminin indépendant, l'égale de l'homme qu'elle aime.

Marie permet d'ailleurs à Sand de témoigner d'un certain féminisme : le personnage s'émancipe – grâce à l'amour qu'elle éprouve pour Germain – des conventions matrimoniales sociales en rigueur. De plus, à une époque où les femmes sont cantonnées à des rôles secondaires, Marie joue un rôle important de guide pour Germain : elle lui permet de réaliser qu'il peut retrouver le véritable amour et que le bonheur lui est encore accessible.

L'amour pur et innocent qui nait entre Marie et Germain fait également preuve d'idéalisme : faisant fi de leur différence d'âge et du scandale qui en résulterait, l'auteure montre que le véritable amour triomphe toujours des mœurs strictes, qui n'ont en vérité aucun sens face à la passion amoureuse.

La Mare au diable, qui est sans conteste l'une des œuvres à l'origine de la renommée de George Sand, présente de multiples facettes : tantôt romantique, tantôt réaliste, elle conte une histoire d'amour à priori impossible. La passion nait auprès d'une mare, qui, malgré son appellation inquiétante, permet aux protagonistes de prendre conscience de leurs émotions. Ils tombent amoureux simplement et sans équivoque : les sentiments qui les lient sont purs et sincères, contrairement à ceux des mariages arrangés propres à la bourgeoisie du XIXe siècle. À travers cette image de l'amour, mais également par le biais du personnage de Marie, George Sand véhicule ainsi un message idéaliste.

PISTES DE RÉFLEXION

QUELQUES QUESTIONS POUR APPROFONDIR SA RÉFLEXION...

- Comparez Marie et la veuve Guérin. En quoi sont-elles différentes et que représentent-elles chacune ?
- Lorsque Germain et Marie passent la nuit près de la mare, ils allument un feu. Quel est le rôle symbolique de celui-ci ?
- Pensez-vous que Germain serait tombé amoureux de Marie si son fils n'avait pas participé au voyage ? Justifiez votre réponse.
- Si vous ne deviez choisir qu'un genre romanesque pour qualifier *La Mare au diable*, quel serait-il ? Justifiez votre réponse à l'aide d'exemples tirés du roman.
- L'auteure se laisse deviner dans les deux premiers chapitres du roman, avant de s'effacer au profit de l'histoire qu'elle veut raconter. Quel est l'effet de cette présence initiale ?
- De nombreux titres de chapitres désignent un personnage, soit par son nom (« La Petite

Marie », chapitre XVII) soit par une périphrase (« La lionne du village », chapitre XII). Que pensez-vous de ce procédé ? Qu'apporte-t-il au récit ?

- Quel est le but de l'illustration d'Holbein le Jeune présentée en début de roman ?
- « L'art n'est pas une étude de la réalité positive ; c'est une recherche de la vérité idéale » (p. 10) : commentez la conception de l'art de George Sand.
- Comparez Marie à un autre personnage de fiction féminin de votre choix, mais de notre époque. Quels points communs pouvez-vous observer ?
- Comparez *La Mare au diable* à un conte de votre choix. Quels points communs pouvez-vous observer ?

Votre avis nous intéresse !
Laissez un commentaire sur le site de votre
librairie en ligne
et partagez vos coups de cœur sur les réseaux
sociaux !

POUR ALLER PLUS LOIN

ÉDITION DE RÉFÉRENCE

- SAND G., *La Mare au diable*, Paris, Librio, 2003.

ÉTUDES DE RÉFÉRENCE

- LANE B., « Voyage et initiation dans *La Mare au Diable* », in *Études françaises*, Presses de l'université de Montréal, 1988.

- PRIVAT J.-M., La Mare au diable *ou comment « faire le populaire »*, Paris, Gallimard, 2004.

- SAINTE-BEUVE, *Causeries du lundi*, Paris, Garnier, 1852.

ADAPTATIONS

- *La Mare au diable*, pièce de théâtre d'Hugues Lapaire, avec Albert Laroche et Saillard, France, 1919.

- *La Mare au diable*, film de Pierre Caron, avec Jean-David Evremond, Gladys Rolland, Yvonne Gravot et Gilbert Sambon, 1923.

- *La Mare au diable*, téléfilm de Pierre Cardinal, avec Béatrice Romand et Jacques Gripel, 1972.

- *La Mare au diable*, bande dessinée de VoRo, Les 400 coups, 2001.

SUR LEPETITLITTÉRAIRE.FR

- Fiche de lecture sur *Indiana* de George Sand.

Retrouvez notre offre complète sur lePetitLittéraire.fr

- des fiches de lectures
- des commentaires littéraires
- des questionnaires de lecture
- des résumés

ANOUILH
- Antigone

AUSTEN
- Orgueil et Préjugés

BALZAC
- Eugénie Grandet
- Le Père Goriot
- Illusions perdues

BARJAVEL
- La Nuit des temps

BEAUMARCHAIS
- Le Mariage de Figaro

BECKETT
- En attendant Godot

BRETON
- Nadja

CAMUS
- La Peste
- Les Justes
- L'Étranger

CARRÈRE
- Limonov

CÉLINE
- Voyage au bout de la nuit

CERVANTÈS
- Don Quichotte de la Manche

CHATEAUBRIAND
- Mémoires d'outre-tombe

CHODERLOS DE LACLOS
- Les Liaisons dangereuses

CHRÉTIEN DE TROYES
- Yvain ou le Chevalier au lion

CHRISTIE
- Dix Petits Nègres

CLAUDEL
- La Petite Fille de Monsieur Linh
- Le Rapport de Brodeck

COELHO
- L'Alchimiste

CONAN DOYLE
- Le Chien des Baskerville

DAI SIJIE
- Balzac et la Petite Tailleuse chinoise

DE GAULLE
- Mémoires de guerre III. Le Salut. 1944-1946

DE VIGAN
- No et moi

DICKER
- La Vérité sur l'affaire Harry Quebert

DIDEROT
- Supplément au Voyage de Bougainville

DUMAS
• Les Trois Mousquetaires

ÉNARD
• Parlez-leur de batailles, de rois et d'éléphants

FERRARI
• Le Sermon sur la chute de Rome

FLAUBERT
• Madame Bovary

FRANK
• Journal d'Anne Frank

FRED VARGAS
• Pars vite et reviens tard

GARY
• La Vie devant soi

GAUDÉ
• La Mort du roi Tsongor
• Le Soleil des Scorta

GAUTIER
• La Morte amoureuse
• Le Capitaine Fracasse

GAVALDA
• 35 kilos d'espoir

GIDE
• Les Faux-Monnayeurs

GIONO
• Le Grand Troupeau
• Le Hussard sur le toit

GIRAUDOUX
• La guerre de Troie n'aura pas lieu

GOLDING
• Sa Majesté des Mouches

GRIMBERT
• Un secret

HEMINGWAY
• Le Vieil Homme et la Mer

HESSEL
• Indignez-vous !

HOMÈRE
• L'Odyssée

HUGO
• Le Dernier Jour d'un condamné
• Les Misérables
• Notre-Dame de Paris

HUXLEY
• Le Meilleur des mondes

IONESCO
• Rhinocéros
• La Cantatrice chauve

JARY
• Ubu roi

JENNI
• L'Art français de la guerre

JOFFO
• Un sac de billes

KAFKA
• La Métamorphose

KEROUAC
• Sur la route

KESSEL
• Le Lion

LARSSON
• Millenium I. Les hommes qui n'aimaient pas les femmes

LE CLÉZIO
• Mondo

LEVI
• Si c'est un homme

LEVY
• Et si c'était vrai…

MAALOUF
• Léon l'Africain

MALRAUX
- La Condition humaine

MARIVAUX
- La Double Inconstance
- Le Jeu de l'amour et du hasard

MARTINEZ
- Du domaine des murmures

MAUPASSANT
- Boule de suif
- Le Horla
- Une vie

MAURIAC
- Le Nœud de vipères

MAURIAC
- Le Sagouin

MÉRIMÉE
- Tamango
- Colomba

MERLE
- La mort est mon métier

MOLIÈRE
- Le Misanthrope
- L'Avare
- Le Bourgeois gentilhomme

MONTAIGNE
- Essais

MORPURGO
- Le Roi Arthur

MUSSET
- Lorenzaccio

MUSSO
- Que serais-je sans toi ?

NOTHOMB
- Stupeur et Tremblements

ORWELL
- La Ferme des animaux
- 1984

PAGNOL
- La Gloire de mon père

PANCOL
- Les Yeux jaunes des crocodiles

PASCAL
- Pensées

PENNAC
- Au bonheur des ogres

POE
- La Chute de la maison Usher

PROUST
- Du côté de chez Swann

QUENEAU
- Zazie dans le métro

QUIGNARD
- Tous les matins du monde

RABELAIS
- Gargantua

RACINE
- Andromaque
- Britannicus
- Phèdre

ROUSSEAU
- Confessions

ROSTAND
- Cyrano de Bergerac

ROWLING
- Harry Potter à l'école des sorciers

SAINT-EXUPÉRY
- Le Petit Prince
- Vol de nuit

SARTRE
- Huis clos
- La Nausée
- Les Mouches

SCHLINK
- Le Liseur

SCHMITT
- La Part de l'autre
- Oscar et la
  Dame rose

SEPULVEDA
- Le Vieux qui
  lisait des romans
  d'amour

SHAKESPEARE
- Roméo et Juliette

SIMENON
- Le Chien jaune

STEEMAN
- L'Assassin
  habite au 21

STEINBECK
- Des souris et
  des hommes

STENDHAL
- Le Rouge et
  le Noir

STEVENSON
- L'Île au trésor

SÜSKIND
- Le Parfum

TOLSTOÏ
- Anna Karénine

TOURNIER
- Vendredi ou
  la Vie sauvage

TOUSSAINT
- Fuir

UHLMAN
- L'Ami retrouvé

VERNE
- Le Tour
  du monde
  en 80 jours
- Vingt mille
  lieues sous
  les mers
- Voyage au
  centre de
  la terre

VIAN
- L'Écume des jours

VOLTAIRE
- Candide

WELLS
- La Guerre des
  mondes

YOURCENAR
- Mémoires
  d'Hadrien

ZOLA
- Au bonheur
  des dames
- L'Assommoir
- Germinal

ZWEIG
- Le Joueur
  d'échecs

ISBN version numérique : 978-2-8062-2598-6
ISBN version papier : 978-2-8062-2600-6
Dépôt légal : D/2017/12603/959

Avec la collaboration de Kelly Carrein pour le personnage du père Maurice, ainsi que pour les chapitres « Entre réalisme et romantisme » et « L'idéalisme sandien ».

Conception numérique : Primento,
le partenaire numérique des éditeurs.

Ce titre a été réalisé avec le soutien de la Fédération Wallonie-Bruxelles, Service général des Lettres et du Livre.